岩船

栗原洋一

書肆子午線

装幀　稲川方人

目次

岩船

神野

石塊（いしころ）。
石塊（いしころ）。

生きとし生けるものの
魂を、
野に、
放擲（ほうてき）せしのちの、 地のしるし。

雲を分ければ、
胸騒ぎを、

若年の郷土史家は、
いつも覚えた。

生残。

地に、
残りし者、
魂を、
引き継ぐものの、謂。

コノ　シコト（仕事）　ノ　トシ（年）　ワ　スイフン（随分）　ノ
ヒテリ（日照）　ナリ
セホウ（四方）　ノ　アマコイ（雨乞）　ツヨク（強）　アリ　ナヲ〱
スイフン（随分）　ノ　ヒテリ（日照）　ナリ

永享八年閏五月九日　瓦大工ユウアミ

机上の、
紙縒（こより）で
綴（と）じられた、
灰色の、

和綴本。

筆写。

古写本を
写すためにだけ、
若年の郷土史家は、
机上に、
あった。

瓦大工、
ユウアミ（橘吉重）が、

記し残した、

一枚の、瓦。
永享八年、日照りの、釘文字。

筆写、
再び、筆写。

セホウ（四方）、
この世は、
どこからでも眺めることができた。

地の果ての、
石塊の、
野を、
若年の郷土史家は今日も散策していた。
渇いた

魂の、
この犬を連れて。

枯葉

閉じられた眼は
もうわたしを見ることができない
褪色していく枯葉色の身体とともに
ここがどこかともわたしに問うこともない

枯葉のなかに枯葉とともに
ビーカーの溶液の宇宙で
身体はなおも褪色を深めて
もうここにここにあるだけだ

波動

渇いている小さき者
閉じられている固い表皮よ
種子と名付けられた生命体の
幾兆億個の殻（カプセル）の
小さき眠りの青い波動が

わたしを昼に夜に目覚めさせている
小さき者
種子
殻(カプセル)
宇宙生命の
遠い木霊よ

告知

くおぅくおぅと
戸を叩く音
朝まだき
人間（じんかん）の靄をぬって

訪（おとな）いくる
死の告知のように
空と水の切れ目から
くおぅくおぅと
水鶏（くいな）が鳴く

宿営地

若い叔父は幼い甥を連れていた
天候の異変か
不猟が続いた
犬橇の
従順な二頭の白い犬は
すでに失われていた

白い骨が
雪上に散らばり
骨の髄まで啜り抜かれていた
空の橇を曳いて
宿営地へ
若い叔父はひとり戻ってきた

岩船

岩船

《星
降りて
地に
黒き影を残しぬ》

《其の
御影を敬禮（ゐやま）ひて
久米寺に

奉(まつ)れり》

天ノ山、天山。天から星降りて、山となりぬ。地は、その山の《影》に依りて、常闇、暗闇となりぬ。

天山から、《御影を奉れり》、久米寺と推定される久米評(こおり)来住台地の廃寺へと至るR11線上の3km余を、この世界を形成し、われわれを暗くする《地の影》を追って、わたしは幾度も久米街道を往還していた。

日は射さず
月は動かず

ぬばたまの
黒い
夜ばかりなる
われわれから動かぬ
常闇の
死の通路

言語の
光芒

来住台地の、久米官衙の乾いた道で、何処から来たのかわからぬ
見知らぬ他所者に、本当のことなど話すわけでもなかろうものを。
食いっぱぐれた口舌のやからが、何処からか聞きおよんだ食い種

を仕入れ流れ来たったという寸法だろうが、ひと夜の寝ぐらでも得ようという見えすいた魂胆なんぞ、お見通しというわけだ。何が本当で、何が偽りなのか。埃の舞う久米官衙の往来に。何を怪しんでか、われわれに向って、しきりに赤い毛の犬が吠え立てている。

詩の形、死の形。地は黒い影におおわれ、人は地に伏している。動くでもなく、動かぬでもない、わが生の形の、時間の推移、時間の形容、時間の可逆の、不可分のわれわれの生の形に、われわれが創造し、誕生する詩の光は、なおもわれわれに宿っているのか。

（久米寺？

（来住廃寺？

（長隆寺？

行けども
現出しない
《御影》に
われわれは
すでに
《御寺》
そのものを
喪失しているのではないか
魂の
帰するところもなく

常闇に
われわれを残し
山影
岩屋に
隠れしものは
この死の通路から
何処へ行ったのか
ざわざわと
うごめいている
われわれの記憶の
闇の
地の声
死の声

官衙の方から移設の再三の督促はありました。

ここでも檀那衆はひとりもおらんようになっとるです。

古い幡や、幟のようなものと言われるのかな、何も残っておりませんなあ。

はあ、この長隆寺は、久米寺、来住廃寺の寺統を引き継いでいるとは言われております。

石？　隕石？　何も伝わっておらんです。

ここも古来より古戦場となって、度々戦禍に遇っております。

允恭（いんぎょう）二拾四年（西暦４３５年）初秋、立太子木梨軽皇子は同母弟穴穂皇子の謀事に依って、政争に敗北した。《伊余の湯に流したまいき》と配流の処断となった。

《船乗りて
　来たりし妹と
　　姫原に
眺めし月そ
　美し衣山》

木梨軽皇子

言語をなびかせる衣山から天山へ、光と影の揺曳する風土記逸文に導かれて、わたしは向っていた。中ノ川の青い水の光の反映する川添いを、柳は緑を、逆上っていく。右折して、荒縄屋の河原町。１９３８年11月30日早朝、出所日の堺刑務所において獄死させられた重松鶴之助の描いた《立花橋》を、わたしは悲哀の風に吹かれながら渡れば、立花の街の低い家並。ぐるぐると頭に白い包帯を巻き死期を迎えた目で現世を見ている23才の野村朱燐洞よ、その川向うの旧素鵞村の低地の狭小な墓地よ。天山はもうすぐだ。R11、R33、R56が交差する天山交差点は常時渋滞している。その渋滞する車群を抜けて、わたしは天山交差点を南に直進する。すぐ左方に黒き影の荒魂が出現したごとき黒い伊丹十三記念館が現れる。かたかたと青いフィルムが小型映写機で廻っている。やがて古びたアパートメントの3Fで横死することとなる若い男がその長い指で《アメリヤの遺言》をギターで弾いている、前庭の車庫の愛車である黒いベントレー、それらの光景が空のドームに繰り返ししろく写し出されている。伊丹万作が撮影した土亀山、天山。その美しい丸い山の、小さな褐色の印画紙。

天山、星ヶ岡、土亀山、薬師山、東山。五つの山が複雑にからまりながら、円形に連山を形作り、そして崩れ、そしてフィルムの幻のように聳え、わたしを引き入れ呼び込んでいる。

しょせん、語り伝えられ言い伝えられた記録なんざ、為政者に都合よく作製された文書に違いないさ。

いったい何が本当のことなのか。われわれの言語は、玩具のごとく翻弄され、為するがまま、臆することもなく自動筆記されていく。

なけなしの身をはたいているこのわたしにしてからが、人の岸にすがって生きついではいるが、やがては明日とは言わず肱川か何所かの川の淵で、土地の者に追われて溺死するだろうと、久米官衙の椹の木臣の木の茂る広場で予言者まがいの黄色い髪をましらのごとくもつれさせている眇目の年齢不詳の女に占われていることとだろうよ。

さするに、なんぞ。天山、星ヶ岡の、伝承の連山の、山影の向うに何があるのか。黒き山。黒き影。われわれの生と死の光の、その光芒を、その光の破片を、その光の日の尾を、こまごまと消尽させながら、しらしらとわれわれは、われわれを失っていまも日の尾の影と光の先に立ち続けている。

幾度も尋ねた
遠き日の
若き神々のわれわれに

応答せよ
応答せよ

ペルセウス座の流星群の
消尽する重力の
青い彼方で

なおもわれわれは孤立を深め
神々のたそがれの日々を
さすらっている

去年の舟

（寛政七年二月五日。早朝。春寒の日に、三十三歳の小林一茶は三津浜松田放十亭より対岸古深里の洗心庵へ送別の句会に向かおうとしていた）

時が来て

波の音が消え
江の口を行く
三津の渡しの老爺の挿し継ぐ水竿の音も消えた

未明の岸を過ぎて
去年の舟の上に
人の世を浮べ

日を傾けている

引潮に
沖の沙島の薄い島影が遠く浮んでいる

寄せては返す
危いうつせみに
いつしかはかり事も失せて
よるべなき人身の
ひと日をつなぎ止めている

青い藻群がからみ合い海中に揺れている
伊予灘に続く
海の底が
浅く見えた

宇品まで

兄サン何処迄行キナサルノナ。比治山下ヲ行キカケタ所デ、竹ノ杖ヲツイタ髪ヲ振リ乱シテイル婦ガ頻リニ話カケテクル。口ノ中ガ傷ンデイルノカ聞キトリ難イ。何度カ同ジ事ヲ聞イテイル内ニ云ッテイル事ガ判リカケテキタ。ゾロゾロト人ノ群レガ宇品ノ方向ヘ流レテイル。薄衣ヲ羽織ッタダケノ半裸体ニ近イ者多シ。私モ同様ノ身装ナリ。身体ニ傷ヲ負ッテイナイモノハヒトリモイナカッタ。兄サンハ何処迄行キナサルノナ。再ビ婦ガ話カケテキタ。ワシャワシノ里ガアル忽那ノ野忽那迄ジャガ、コノ子ヲ連レテノウ。ワシャモウ身モ内モカラガラニナッテシモウタガナ。婦ノ傍ラニ小学生ラシキ少年ガ顔ヲ引キツラセテ従イテ来テイル。ドウヤラ宇品カラ石崎ノ汽船ニ乗リ野忽那迄帰ロウトシテイルヨウダ。何処迄行キナサルノナ、三津浜、三津浜カナア。同ジ汽船カモ知レンネ。身体モ悪シュナッテロモ効ケンヨウニナッタコノ子ヲ、ナントシテデモ元ノ身体ニ直シテヤリタインジャ、島デ。コノ子ハ先ノ子デノウ。ワシノ身体ト取リ換エテデモコノ子ノ身体ヲ元ノ身体ニ戻シテヤリタインジャ。ソウデナイト何処ニモ居ラレマイガノ。婦ハソレダケ云ウト頭ヲ下ゲ人集リノシテイル方へ、井戸デモアルノカ、フラフラト少年ノ手ヲ引イテ横切ッテ行ッタ。汽船ノ中デ又会ウ事ニナルノダロウ。ユラユラト人波ガ陽炎ノヨウニ揺レテイル。平野橋ヲ過ギタバカリノ所ダ。ソノ陽炎ノヨウナ人波ノ中ニ私ハ紛レ込ンデ行ク。宇品迄ハマダ一里程アッタ。

厳島

存光寺にて――丸山定夫

庭先の井戸端へ行き何度も冷たい井戸水で水浴びをする思いにかられた。水浴びをすれば生き返れるような気がした。灼けた身体のほてりは引かず身体は重く身動きすることすらかなわなかった。目の前に夏の光を照り返している青々とした八ッ手の葉の茂みがあった。緑の光。

《こころほそりて

化身クリシュナ

《我ハ死神ナリ

世界ノ破壊者ナリ》

水

わが
蹼（みずかき）
のある

掌で
乾いた
水を
掬う

山が見え、その山裾を川が流れていた。川下の方にまた山があり、川はそこで北の方へ湾曲していた。空は青く澄んでいて、山々や川の流れをはっきりと見渡すことができた。わたしは上空から光りのようになり、わたしのいる田園風景を遠望していた。音が甦ってきた。ブラームスが流れてきている。テーブルの上には飲み残した渇色のコーヒーが、カップの中で星雲のように渦を巻いている。友人は来れなかったようだ。コーヒー店でわたしは不在の時を過していた。遠去かる記憶。ボートでわたしはひとり青い海の上に出ている。波はなく海面は鏡のように滑かに光り、わたしの記憶の世界を繰り返し写し出していた。やがてわたしはこの海面の鏡の反射の光りの中に入っていくのだな、と思った。

失踪者

火を貸してくれませんか。突然、目の前で黒い物体が動いていた。黒い男がわたしに声をかけてきたのだ。その男は背中が曲っていた。ここは地の果てのように荒れ果てた場所だ。何もなかった。火を貸してくれませんか。再び、黒い男がわたしに言った。わたしはオイルライターを男に渡した。薄い紙に乾燥させた野草を荒く巻いたものに男は火を点けた。草の焦げる匂いがした。ユーカリの葉ですよ香りがいいのでね。男は礼でもするように軽く会釈をして消えた。ユーカリの葉であるはずがない鎮痛には効くらしいが。草の焦げる匂いが辺りに残った。不意にまた男が戻ってきた。小さな紙袋をさしだして、焼き米です、携帯食です、と背中の曲った男は蜥蜴のようなしわがれた声でわたしに言った。去って行く男を眼で追うと、灰色の雨雲が黒い背中の曲った男の上に降りてきていた。その灰色の雨雲は、干乾びた天の丸木舟の形をしていた。黒い男はその天の丸木舟に乗り込むようにして、わたしの視界から消えた。

鈴虫

「源氏物語」より

枯野に
かそけき声で
夜をつむぎ
鈴虫が鳴いている
ここはもう誰もたどることの出来ない場所だ
近付けばすぐ
静寂に帰る
虫の声に
遠き世をいつくしんでいる

わが身はすでに
鈴虫の
うつせみの灰の身ならば
いまはただこのいつくしみの思いを
この枯野にしずめ
薄明の灰に帰らむ
おほかたの
常ならぬ世の
秋の果てに

白き象

２０１９・１・６

手でふれようとしたが、ふれることが出来なかった。手が、腕が、足が動かなかった。何ものかが、人語のような響きでしきりにわたしにささやきかけていた。それが人間の声か、鶩鳥のような鳥類の声か、あるいは干涸びたわたしの声か、わたしには聞き別けることが出来なかった。わたしはいちじるしく身体を損傷し薬品のにおいのする白いベットに横たわっているようであった。夢の中でのようにわたしは自らの意志で何事かを意志表示することが出来なかった。遠くの方で、わたしを見ている澄んだ海のような眼があるととぎれとぎれの意識が告げていた。そのすがすがしい海の光の眼が動き始めた。水の上を、神のようなまなざしの白い象がゆっくりとすすみ、わたしの方へ近づいてきた。

焚火

私は人が話をしているのを見るとしばしば不安に陥ってしまうことがある。何故なのか。私が人間であるからに違いない。

私は詩人と呼ばれることがある。しかし詩は、年に一篇か二篇、書ければいい方である。全く書けない年の方が圧倒的に多い。

詩は書かないでいいのなら、書かない方がいいのに決っている。わざわざ他者に理解されないことを書く必要もない。それでも、理解されようが、破棄されようが、黙殺されようが、詩を書きたければ書けばいいのである。それだけのことだ。

私は人に会うと、不安に陥ってしまう。だから極力、人に会うのを避けている。しかし私にも友人や知人が数人いて、断わることが出来ないことがあり、止むを得ず、その友人や知人に会うことがある。

友人や知人に会うが、つまりはたわいもない話に終始して、別れることになる。

人間とはそういうものだ、と言えば、人間とはそういうものであるだろう。

私は少年時より生きていることに不安を覚えていた。その少年時の結論は、生存するには頭脳のみが存在すればいい、ということであった。その願望は、現在も継続しているのかも知れなかった。

秋の一日、私は海辺へ出て、焚火をした。砂浜に漂着している木片や海藻を集め、火を点けた。木片や海藻によって、火の色が次つぎと変容し、火は見倦きることがなかった。

日が傾むいてきた。海に落ちる夕陽に、
空や海、島影が赤く染まり輝く。美しい
グラデーション。宇宙の色。ここが地球
であることをしばしば忘却させてくれる。

振り返ると、陸地の方はすでに暗く地に
沈んでいた。海の方は残光が海水の中に
揺らめいている。海の方が明るい。

附　記

ここに収載した詩群は、１９９６年〜２０１９年の間に各詩誌に発表した詩群である。詩群は編集せず発表順に収載した。一部改稿したが、他は発表時のままとした。但し「宿営地」のみは全面改稿した。

執筆を依頼戴いた各詩誌の編集者でもある林浩平、長田典子、春日洋一郎、池田康の各氏にお礼を申し述べておきたい。各氏からの依頼がなければこれらの詩群は成立しえなかったのである。

稲川方人氏には、さきの『吉田・新装版』に後援戴いたのに引き続き、今回も装幀及び本文設計に尽力を戴いた。そして瀟洒な本体がここに整ったことに心よりの感謝を記しておきたい。

２０１９・７・20　栗原洋一

岩船（いわふね）

発行日＝二〇一九年九月三〇日
著者＝栗原洋一　発行者＝春日洋一郎
発行所＝書肆 子午線
〒一六二―〇〇五五 東京都新宿区余丁町八―二七―四〇四
電話 〇三―六二七三―一九四一　ＦＡＸ 〇三―六六八四―四〇四〇　メール info@shoshi-shigosen.co.jp
印刷＝タイョー美術印刷
製本＝井関製本